U0058678

快跑，
騰雲妖馬來了

文◇王文華　　圖○徐至宏

審訂／國立故宮博物院院長　吳密察

目錄

人物介紹

多娜老師

可能小學最神祕的老師之一。目前只知道她在羅馬尼亞修完碩士課程，研究的主題是德古拉爵士吸血時右邊第三顆牙齒神經傳達法門。或許在羅馬尼亞住太久，她說話有濃濃的外國腔；或許研究吸血鬼太久，她的皮膚蒼白，犬齒特尖，和她說上三分鐘的話，就會打從心裡冷了起來，而學生進入她管理的可能博物館，都會發生一段奇怪的事。

曾聰明

可能小學四年愛班學生，智商高到破表，體力極差，特愛網路、考試與嚴格的老師。可能小學不常考試，所以他很困擾，曾經連寫三十六封信給校長，提醒他該多多考試，校長答應他會列入考慮，這一考慮，就從一年級考慮到現在。上回他在可能博物館玩鄭荷大戰的生存遊戲，結果竟然沒回來，更可怕的是，也沒人記得他，這……

郝優雅

可能小學四年愛班學生，媽媽希望她能舉止優雅，特別為她取名郝優雅。沒想到她整天活蹦亂跳，從小跟著教有氧舞蹈的爸爸學攀岩，三年級考到救生員執照，四年級擁有高山嚮導證，立志要在二十歲前，爬完臺灣百岳，騎單車環遊全世界。她上回竟把鄭成功的貼身侍衛帶回來，這可怎麼得了哇？

十二姨太

十二姨太剛滿十二歲，瓜子臉，三角眼，不笑的時候像在生氣，笑起來的時候，更像在生氣，她本來是大太太的丫鬟，卻被王阿舍指定當姨太太，目前還在練習指使丫鬟，卻被王阿舍指定當姨太太，目前還在練習指使丫鬟的本領。郝優雅沒錢搭車，被派來當她的丫鬟，她開心極了（看起來卻像氣瘋了）……

王老闆

基隆港第一有錢的員外，家裡什麼都多，長工多，丫鬟多，連太太都有十一個，啊，不，是十二個（太太多到他自己都數糊塗了）。這回特別帶新娶的十二姨太出來搭火車吹吹風，外頭還派一輛牛車跟著火車載行李、糕餅以及尿桶供他使用，真是威風啊！

大漢將軍

大漢將軍有一個五級軍情要回臺北城稟報長官，至於這五級軍情是什麼，因為事關大清國水師士兵的士氣，所以他絕對不會告訴你水師士兵褲腰帶不夠用了。這怎麼能說呢？要是這件機密軍情被日本、英國和法國人知道了，天哪，整個大清國的臉要往哪兒放？

阿傳

騰雲號火車司機兼驗票、收票及火車維修工程師。因為一般百姓還不太懂火車的重要性，他還得擔任「騰雲號火輪車百款好」的宣傳小天使。火車路線太陡，火車爬不上去時，阿傳也要找水牛幫忙拉火車，夠忙了吧？

前情提要

可能小學的鄰居是動物園，校園很大，想要去找它的人，卻常常找不到。

為什麼呢？

可能小學門口有十八棵樟樹，它們隨風搖曳，自動變換隊形，只有想像力豐富的人，才能穿過它們。

闖過十八棵樟樹陣，可能小學還有一道盡忠職守的數學大門。數學大門每天會出一道數學題，動動腦解開它，才能召喚開門精靈出來。

大部分的人（尤其是大人），習慣不動腦的生活，所以，他們也很容易放棄，喪失進入可能小學的機會，哎呀，真的好可惜，不然他們就能看到貓熊跟長頸鹿在校園散步，企鵝跟小朋友上課。

這麼好玩的學校，你有興趣了吧？它很近，就在動物園捷運站的下一站。

動物園已經是最後一站了，怎麼還有下一站？

當然有，因為在可能小學裡，什麼事都是有可能的。

一般遊客到了動物園站，只急著去看貓熊，不會注意到有一群孩子還在車上。遊客都下光了，他們才彼此眨眨眼，等著列車長開車，等著到可能小學。

可能小學每一天的課程都很精采，就算得了重感冒、阿嬤要進香拜拜或是強烈颱風來，也沒人捨得請假。

以今天早上來說吧：

低年級的孩子正在學習交通工具，昨天拉愛斯基摩人的雪橇繞操場跑三圈，今天在校園騎大象。

三年級的孩子在吟詩。老師遲到了，卻沒有孩子抱怨。教詩詞的老師是李白。李白耶，詩仙親自上課，多光榮，不過李老師宿醉未醒，要等他來，可能還得等一陣子。

尖叫的聲音來自可能博物館。那是一棟三層高的大樓，裡面塞了一顆等高的透明大球，當初不知道是先有大球，還是先建大樓再把大球塞進去，這也是可能小學十大謎題之一。

可能博物館裡的收藏品，總共只有兩件。

一位是西拉雅老頭目，手持荷蘭人的權杖，還有一位是名叫牛德壯的侍衛，身上帶著一個據說屬於鄭成功的千里鏡。

老頭目說的話沒人懂，他最喜歡坐在博物館中間聽老師上課，遇到不喜歡的課，還會搶過麥克風，自己上起沒人聽得懂的課。

牛德壯侍衛來自三百多年前的福建泉州，他是鄭成功的部下，也曾

12

和郝優雅並肩作戰，所以他信任郝優雅，對她言聽計從。

四年級的學生，在博物館裡看過三百多年前，荷蘭人占領臺灣的時代；用3D影片親臨鄭成功大戰紅毛人的戰場。

今天早上，多娜老師打算給他們一個驚喜，沒想到，課還沒上，牛德壯和老頭目先在博物館中間打了起來。

老頭目用權杖點向牛德壯，牛德壯屁股長出一條尾巴。

「里麥造！」牛德壯把老頭目熊抱起來，發出一陣巨人的怒吼。

「誰能來勸勸他們？」綽號大頭的孩子問。

「好像只有郝優雅才有辦法。」綽號小頭的孩子說。

大頭、小頭到處找不到郝優雅，於是同時歪著頭說：「她怎麼還不來呀？」

今天是慶祝貓熊來動物園第七八九天紀念日，遊客全在動物園站下車。

郝優雅的鬧鐘罷工，她搭上捷運時，已經遲到了。

光光。

現在的車廂空蕩蕩，喔，只剩下郝優雅站在後頭眼望遠方。她今天心情不太好，頭髮染成彩虹的七種顏色。

不能怪她，因為她記性太好，明明記得有個同學叫做曾聰明，可是全校卻沒人記得這號人物，她試著找出幼兒園畢業紀念冊，拿出數位相機找他們合照的相片。

說來也奇怪，沒有，統統都沒有，不但數位相機沒有，手機沒有，

14

連曾聰明的媽媽都不記得她生過這麼一個兒子。

「曾聰明？沒聽過耶！」

都說媽媽不會忘記自己的小孩，但是曾媽媽就會。

可是郝優雅和曾聰明從幼兒園開始同班，兩人一起讀可能小學，先前還曾去過荷蘭時代、鄭成功時代探險，但是回來時，不知道出了什麼差錯，她和鄭成功的貼身侍衛牛德壯回來了，曾聰明卻不見了。

她想到這裡，心情低落，讓她更低落的是——咦，明明動物園都到了，遊客都下光了，列車怎麼還不動，可能小學在下一站哪！

等啊等啊等，第一節課都快下課了，車子還不開，列車長還廣播：

「咳！各位乘客，咳咳！列車現在出了點小小的問題，咳咳咳，很快就能解決了，咳咳咳咳，咳咳，請大家下車去走走。」

列車長今天的聲音很沙啞，感冒了。

車門煞的一聲開了，霧氣飄了進來，彷彿在歡迎她。

外頭的霧氣溼答答，遮住天空、青山和大樓，對了，還有動物園裡的大象，大象瞄了他們一眼，頭縮進霧裡。象鼻子卻不願意進去，左擺擺右擺擺，逗留了好久，終於不甘不願的縮進霧裡。

嘰，煞！

霧裡有什麼東西在動！

等郝優雅想到這是列車在運行時的聲音，車已經開走了。

「唉，看來我只能走路去上學了。」郝優雅想，「幸好可能小學離這裡不遠。」

早就應該這麼做，至少可以趕上第一節課，多娜老師今天要上劉銘傳的故事。

超時空報馬仔

臺灣第一任巡撫——劉銘傳

清代末年，國家積弱不振，中國成了世界各國眼中的肥肉，那時的大臣為了改革，推行不少洋務運動，希望能學習西方的優點。曾國藩、李鴻章都是其中的代表人物。這些人都是讀書人，只有劉銘傳是跟著李鴻章在上海與太平天國作戰出身。他跟著英法的教練學習洋槍洋炮，因為身體力行，反而吸收了現代化的知識，所以才能在中法戰爭中，因為保臺有功，被派為第一任巡撫。

或許是長年和外國軍隊接觸，劉銘傳並不怕改變，也很勇於嘗新。他很早就看出火車在交通上的重要性，他是第一位建議在中國修造鐵路的人，他把鐵路看作新政的起點，可惜當時的政府並不採納他的意見。他的理想，也只有等他來到臺灣，才能進一步實現。

劉銘傳在臺灣努力建設，讓臺灣一躍成為全中國最進步的一省，目的就是防止外國人侵占瓜分中國的野心，尤其美國商人當時多有建議美國政府占領臺灣。他認為想抵抗強敵必須先能自立自強，想攘除外面的敵人，就得先讓國內安定，他說：「內不靖則根本易搖，一有外憂，勢且不攻自靡。」

18

劉銘傳成立郵政局發行的郵票，後來當作火車車票使用。
（圖片提供／小草藝術學院）

劉銘傳在臺灣有很高的政績，但是，卻因為傳統的勢力太大，改革處處受到阻礙，最後被迫辭職，而他所創立的新政也無法持續。

他搭船離開臺灣時，恰好有一艘日籍商船要進港，劉銘傳望著日船，感慨的說：「他日禍臺者，必倭也！」

他的預言成真，後來臺灣果然成了日本的殖民地長達五十年。

基隆港常是外國入侵的入口，位於基隆的海門天險是重要的軍事要地，原建於道光鴉片戰爭時，後劉銘傳加以重建。（圖片提供／吳梅瑛）

1 基隆票房

外套很快就溼了，溼掉的外套變成另外一種顏色，也許因為這個緣故，衣服也像換了另外一套似的。

捷運站月臺越走霧氣越重，照理講，距離沒這麼遠，實際走，卻遠得多，感覺好像走很久，郝優雅想看看錶，哎呀，今早急著上學，忘了帶錶來。

「走啊走啊，至少走了一公里吧？」

霧裡的時間很難計算，站臺似乎無限延伸，直到郝優雅走進了一個紅磚小站，「基隆」兩個大字貼在紅磚車站上。

「我走錯方向了嗎？」

「來時是捷運，怎麼會走進火車站？」

「那，可能小學呢？」

她站在火車站月臺上東看西看，心裡疑問一個又一個，火車站裡安

靜得讓人擔心，好像天地間都沒人了似的。

驀然，啪答啪答的，四周傳來許多腳步聲，在寂靜的濃霧裡走了這

麼久，能再聽到其他聲音讓人心安。

濃濃的霧裡走出幾個挑著擔子的小販。

兩個女孩扶著一位老媽媽。

老爺爺牽了隻猴子。

最後來了四個商人，嘰哩呱啦的，聊得很開心。

男人的額頭光光亮亮，拖著長長的辮子；女生的頭髮都挽了個髻，

衣袖特別寬大，走起來有風似的。

衣服是古代的衣服，打扮是古代的打扮，說的話她全聽得懂，因為

他們都說閩南語。

郝優雅猜他們在拍電影，不然就是迎神賽會，踩街遊行的隊伍。

霧裡還有什麼呢？喔，又走出兩個金髮藍眼睛的外國人，他們自顧自的聊，郝優雅英文還不錯，聽了幾句，知道他們在談什麼茶葉要用船載還是要搭火車，還說什麼煤礦產量一定不會少。

真奇怪，載貨用卡車，走高速公路方便又省錢，這兩個外國人真是笨得可以了。

這麼想著，一陣香味傳過來，那是小販打開箱籠，正在做買賣。

煮好的花生，蒸好的包子，還有瓜子和玉米，味道很香很香，讓人肚子餓起來的香。

郝優雅沒有吃早餐，她想買包子，書包裡有錢……咦？書包怎麼不見了？難道是放在捷運車廂忘了拿下來？

「火輪車來了嗎?」霧裡又多了個聲音。

「沒有嗚嗚嗚的汽笛聲音,怎麼會有火輪車來?」一個打扮得像站長的男人說,他的眼神有點冷冰冰,帶著神祕感,像這樣的眼睛,可能小學裡只有多娜老師勉強跟他比得上。

叩嘍叩嘍!霧裡又走出一輛兩頭牛拉的車,趕車的人很瘦很矮,坐在牛車上的人很胖很高。

「大稻埕王記茶行的王老闆來了!」不知道誰在說話。

「有錢人就是不同款,坐牛車來趕火輪車。」

「牛車也要坐火車嗎?」郝優雅忍不住問。

「有可能!有錢就能使火輪車載牛車。」王老闆坐在牛車上說。

這位王老闆頂多四十歲,戴著圓框的眼鏡,手指修長,皮膚很白。

「讓讓,讓讓,王老闆的牛車要過啦。」站長指揮大家,小市集勉

強讓出一條小路，「王老闆，坐火輪車回去大稻埕啊？」

戴眼鏡的男人嗯了一聲，等著車夫扶他下來。

「火輪車呢？難道要我等它啊？」

「不好意思，火輪車馬上就來。」站長堆出滿臉笑容。

說來就來，不過，跑來的是個全套武官服裝的大漢，身材高大，滿

臉鬍子，一看就是個狠角色。

真的越來越像在拍電影了。

「你也要坐火車？將軍不是騎馬嗎？」郝優雅覺得好笑。

大漢跑得滿頭大汗，揪著站長像

抓小雞，他大吼：「我有緊急的機密

軍情要去臺北城，火輪車呢？」

24

啊，啊啊，站長臉漲得好紅，四肢在空中揮。

郝優雅提醒他：「將軍，站長快被你勒死了，他怎麼說得出話？」

「對喔！」大漢鬆了手，凶狠的瞪著站長問：「我的火輪車呢？日本人、英國人和法國人的船都聚在基隆外海了，火輪車怎麼還不來？」

聽起來很危險，郝優雅卻覺得很奇怪，她說：「情報這麼重要，你

應該撥手機或是用無線對講機！」

王老闆咦了一聲：「請問姑娘，什麼是手機，什麼是無線對講機？」

大稻埕哪裡有得買？

郝優雅想叫他自己上網買，大漢卻搶著說：

「大清國軍機處有交代：一級軍情用電報，那是劉大人剛牽的線，從臺灣直接連到福州，聽說牽了電報線，連茶葉都可以直接報價，嘿，

厲害吧？」

「還好吧，我媽的手機就比電報還快。」

大漢搖搖頭。「什麼手機？雞怎麼跑得過電報？小孩子有耳無嘴，少說話。二級軍情有軍鴿，一天可傳八百里，三等軍情騎快馬，四等的坐牛車，哪有什麼母雞呀，木漿的？」

郝優雅問：「請教將軍，那麼您搭火車是幾等的緊、急、軍、情？」

大漢揚揚眉毛，用一種很了不起的口吻說：「我的是五等軍情。」

她繼續追問：「既然如此，您的軍情是什麼？」

「事關大清國官兵士氣，怎麼可以說給你知道？」大漢哼了一聲，「眼看日本人、英國人和法國人都已經兵臨城下，我大清水師官兵褲腰帶卻快用光了，提督大人要我命臺北城軍裝局檢查貨倉，看看褲腰帶有沒有備用品，這麼重要的事情，怎麼可以隨隨便便就說出來呢？要是洩漏了軍機，讓這些洋人知道士兵沒腰帶，大清國水師士兵的褲子隨時會

掉下來，豈不是丟臉丟大了？」

剛開始說得那麼緊張，吸引所有人的注意。聽著聽著，喔，原來是士兵沒褲帶呀，於是，聊天的聊天，耍猴子的耍猴子，做買賣的做買賣，再也沒人對這件「天大地大的軍事機密」有興趣。

或許只剩下大漢在乎他的緊急軍情，想到就踢站長一腳。「火輪車呢？我的火輪車到底什麼時候來？」

2 騰雲駕霧坐火車

嗚～

霧裡有汽笛。

嗚～嗚～

汽笛聲越來越大，越來越近。

嗚～嗚～嗚～一列黑色蒸汽火車驟然挾著旋風，衝破濃霧。

嘰～煞～嘰～煞～嘰～

火車停下來，噴出一陣白色水蒸氣。

水蒸氣蒸騰翻滾升上空中，變成化不開的大霧。

難怪今天的霧氣熱呼呼，黏答答，還有一股嗆人的煤炭味。

火車頭上有兩個大字：「騰雲」。

後頭掛了三節木板車廂，車廂的窗子很小。

站長對著車頭喊：「阿傳，阿傳，今日火輪車為何如此慢來？」

大漢本來要踢站長，看見火車來了，只好不甘不願的把抬高的大腿放下來，他也瞪著車窗吼著：「對呀，要是誤了大清國緊急軍情，看你有幾顆腦袋？」

車窗裡的阿傳向大家揮揮手說：「這可沒辦法，羊要吃草，人要吃飯，火輪車的車頭就要餵煤炭。基隆的煤炭現在很熱門，連法國人都想來搶。我今天等了好久才勉強得來這一些。沒辦法，火輪車頭沒吃飽就不肯跑，軍爺呀，如果你想砍腦袋，那這顆火輪車頭就送你砍吧。」

「啊，火輪車頭沒人想要砍，」站長對著大漢說，「軍爺呀，快上車，免得耽誤您稟報軍國大事。」

一提起軍國大事，大漢氣消了，大搖大擺搶著坐第一節車廂。

郝優雅也想上車，卻被站長擋下來。

冷冰冰的眼神，平平板板的口氣：「小姑娘上哪兒去？水返腳還是錫口？車票呢？」

她掏掏口袋，咦，放在口袋的悠遊卡不見了。

「車票？」她搖搖頭說：「我沒有票。」

「那買票吧，騰雲號票價公道，基隆到水返腳五毛，到錫口一角，水返腳來回票一角八，錫口是三角，到哪裡？要幾張？」

「來回票比較貴？」

郝優雅耳尖，「還有，你怎麼拿郵票當車票來賣呀？」

站長苦笑著說：「劉大人匆匆回轉福建，車票也沒時間印製，這還是我聰明，臨時想出來的主意，把車站印在郵票上，是不是很有創意，姑娘你沒票的話，請拿錢來買吧！」

30

「我沒錢。」郝優雅老實的說。

阿傳探頭出來說：「沒錢就去車頭當煤炭工，像這個小兄弟一樣，上車工作，才能免費搭車。」

從燒煤炭的地方露出一個全身髒兮兮的男孩來，笑著跟大家打招呼，哎呀，他全身就是牙齒白。

郝優雅本來沒注意，不過，那微笑，傻呼呼的，好熟悉。

「曾聰明？」她大叫，「你怎麼會在這裡？」

「你不也在這裡嗎？我從熱蘭遮城炮口往外跳，一跳就跳到火車上，

HI

想跑也跑不掉。」

阿傳笑嘻嘻的說：「沒錢不能搭霸王車，我派他當煤炭工。」

郝優雅記得，他們被鄭成功派去跟荷蘭長官談判，鬼一長官不肯投降，拉著曾聰明從炮口跳到大海，她追上去，卻回到現代，而曾聰明竟然來到……

「喂喂喂，姑娘，這裡不能打情罵俏，你想工作就上車，不想工作就下車。」站長冷冰冰的說。

「我想搭火車。」郝優雅問，「可是我不想跟他一樣，弄得全身髒兮兮。」

阿傳搖搖頭說：「這下傷腦筋了，騰雲號現在還在虧損中，不能讓你搭霸王車。」

茶商王老闆遞過來一塊錢說：「別吵了，回大稻埕的路上，我的十二姨太少個丫鬟服侍，站長啊，我替她出車錢，讓她上車去服侍十二姨太。」

見到錢，站長眼睛亮了。「有錢什麼都好說，歡迎光臨騰雲號，祝貴客旅途順風，滿面春風。」

郝優雅有一肚子的話想問曾聰明，不過，王老闆後頭有個凶巴巴的小女孩瞪著她。

「丫鬟，你還不來扶我嗎？」

「你？」

王老闆哼了一聲：「什麼你，她是十二姨太，你是她的丫鬟，要叫她十二夫人。」

原來她就是十二姨太。

十二姨太頭上有金釵，絲質旗袍綴著玉石珠寶。她的身材嬌小，年紀看起來也比郝優雅小。

「丫鬟，你還不過來，是要我自己上車嗎？」

「原來我成了丫鬟？」郝優雅覺得好笑，越來越像在演戲。這齣戲，她演丫鬟，要扶著比她還小的「夫人」上車。

十二姨太走路很慢，奇怪，這個年紀的小女孩，走起路來應該蹦蹦跳跳，她卻歪來扭去，郝優雅低頭一看，她的繡花鞋裡是小得不能再小的小腳。

「大腳婆，看什麼看？你只能怨你娘當年不幫你裹小腳，現在只有當丫鬟的命。」

「我才不是什麼大腳婆，而且我寧願當丫鬟，也不要……」郝優雅很生氣的說。

十二姨太根本不讓她把話說完，上車先嫌座位髒，郝優雅把椅子擦了七、八遍，她還是不高興；又嫌大漢長得太難看，要她把大漢趕到別節車廂。

趕軍爺？

對付軍爺，郝優雅倒是有好主意。「軍爺、軍爺，這節車廂人太多啦，你坐這裡，如果被他們聽到你的軍情，那可就……」

大漢果然站起來，嘴裡嚷著：「有道理，有道理，這麼多人，還有兩個洋人在那邊嘰嘰喳喳，我的軍情容易外洩，如果讓人知道大清國士兵沒腰帶……」

他嘮嘮叨叨，站起來就走，而車廂前面，王老闆掏出一個金懷錶，

36

邊看邊唸，這火輪車怎麼還不走，大稻埕的茶葉如果走火輪車這條路，速度這麼慢，怎麼比得過英國豆格拉屎那些輪船哪？

超時空報馬仔

火紅的臺灣煤礦

自古以來，人類就懂得用煤當燃料，取暖、煮食都靠它，但是西方工業革命後，煤更重要了，不管是輪船、火車還是紡織機，都需要靠燃燒煤炭產生動力。掌握煤礦，簡直就像掌握一國工業、交通與國防的命脈。

臺灣也有煤礦，甚至還一度引起外國人的覬覦呢！

一八七六年，清廷派欽差大臣沈葆楨在今天的基隆市八斗子，設立臺灣第一座官礦，引進新式的採礦設備，提高臺灣煤礦開採的產量。

在中法戰爭時，劉銘傳怕法國人取得基隆的煤礦，來補充他們軍艦的燃料，毅然決然下令炸毀官礦，燒掉存煤一萬多噸。

中法戰爭之後，劉銘傳雖然想採取官商共同開採煤礦，但是經營不易，民間爭採，官方無法競爭，其後私煤變成煤炭主要供應來源。

日治時期用來運送煤礦的蒸汽火車。(圖片提供／小草藝術學院)

日治時期北部的菁桐煤礦是重要的煤礦開採區。圖為菁桐的降煤場。(圖片提供／黃智偉)

一直到日治時期，日本人引進新式機械開採，縱貫鐵路的交通又得到改善，臺灣的煤礦開始被大量開採。

臺灣的煤礦經過幾十年的開採，逐漸枯竭，於是需要用煤的產業開始仰賴進口，煤礦業就漸漸走入歷史。

想看臺灣煤礦的百年歷史嗎？新北市平溪就有一間新平溪煤礦博物園區，記錄了這段歷史呢。

誰穿得下玻璃鞋？

據說，灰姑娘的故事源自一千五百年前的中國。雖然這個傳說並沒有定論，但仔細想想一想，為什麼只有灰姑娘穿得下玻璃鞋呢？

或許是因為灰姑娘的腳特別小，只有她才勉強穿得下那雙玻璃鞋。

說到灰姑娘的腳特別小，就想到中國漢人在民國以前的風俗——纏小腳。

在民國以前，當時的漢人認為女孩子腳小才是美，所以女孩子在五到八歲左右就要開始纏小腳。纏小腳時要用一條長長的布把腳包住，再用針線縫起來。因為纏小腳時，白天即痛得寸步難行，夜晚雙腳悶在被子裡又痛又熱，有時，因消毒不小心抓破皮，導致一片血肉模糊。有本《夜雨秋燈錄》裡就寫著：「人間最慘的事，莫如女子纏足聲⋯⋯」

纏小腳的風氣，一直持續到清末，當時的知識分子們，視纏腳為中國社會落後的象徵之一，他們認為纏小腳造成中國婦女過於柔弱，影響整個國家的力量，因此開始推行反纏小腳運動。雖有一些開明的人士成立「天足會」，鼓勵婦女勇於拒絕這項風俗，但初期推行並不太順利。直到一九〇六年，臺灣梅山發生大地震，許多婦女因為小腳跑不快，死亡率遠高於男性。為了逃生方便，民間才逐漸接受新觀念，讓女性得以脫下那條又臭又長的纏腳布。

臺灣在日治初期，民間還保有纏小腳的習俗。

（澎湖嶋坂井商店發行）　WOMAN OF FORMOSA　（其一）人婦灣臺

臺灣纏小腳的女子，腳上穿著小小的鞋子。（圖片提供／小草
藝術學院）

3 火車過山洞

車頭煤炭箱前有兩個長得一模一樣的黑人。

仔細一看，他們年紀都很大，應該是老爺爺；曾聰明第一次見到他們時，也是嚇一跳，後來才發現，原來他們不是黑人，只因為天天鏟煤炭，身上沾滿了煤灰。

煤炭鏟入鍋爐，鍋爐裡的水變成水蒸氣，帶動火車前進。

原理不難明白，但是這裡溫度高，待一陣子曾聰明就受不了，兩個老爺爺卻很自在，常常大笑，彷彿火車頭是舒服的皇宮。

他們的牙齒剩沒幾顆，而且缺牙都缺同個位置，難道是同一個大夫，拔同樣的牙？

「沒錯，這可是給滬尾最出名的麻蓋大夫拔的。」其中一個老爺爺

42

說，「麻蓋大夫的拔牙技術好，而且拔完牙他還會唱歌給你打分數喔。」

「唱歌？」曾聰明不明白，「他要去參加歌唱選秀嗎？」

「唱完歌，他還會拉著你的手喊著窗戶和大門。」

「這個醫生也是建築師？幫你們蓋房子？」

另一個老爺爺搶著說：「不是啦，麻蓋大夫是說阿門。」

哎呀，他們說的是一百多年前在淡水的馬偕大夫嘛，把馬偕用臺語唸，還真的變成麻蓋。

「你猜猜看，誰是木炭，誰是火炭？」老爺爺拍拍他的肩膀，留下五個黑黑的指印。

「我猜不出來。」曾聰明老實的說，從炮管跳下來，他的頭還暈暈的，而且，他哪裡不好跳，沒事為什麼要來這裡當工人？

「沒關係，我們也常常忘記自己是木炭還是火炭。」

他們笑著要曾聰明拿鏟子，「來吧，讓火輪車啟動吧！」

木炭兄弟的動作很有節奏，喝喲喝喲的喊著，一鏟鏟的煤炭就送進冒著火舌的鍋爐裡。

喝喲喝喲！

火輪車唱歌嗚嗚嗚，

火雞也會咕嚕咕嚕。

喝喲喝喲喝喲，

喝喲喝喲喝喲。

火輪車若是嗚嗚，

火雞就來咕嚕咕嚕。

隨著他們的歌聲，火車冒出濃煙，配上嗚嗚嗚的汽笛聲響，火車終

於向前跑了。

七恰七恰，七恰七恰～白煙被風吹遠了。

爬上一段小山坡，青山綠野，飛鳥小河，還有遠方的大海，海上的

帆船，天空是沒有汙染的藍，這一切終於都能看得清。

「那是基隆港，這輛火輪車就是坐船從那裡上來。」不曉得是木炭

還是火炭爺爺說。

「我們也是坐船來的，光緒十三年唐山過臺灣，真是不簡單。」另一個不知道是木炭還是火炭爺爺問曾聰明，「你又是從哪裡來？」

「我呀……」曾聰明明白了，他竟然直接從鄭成功時代來到這裡，那他什麼時候才能回家？

難道可能小學的法力無邊，把他帶回清代光緒年間的臺灣？

「我本來在上課，上著上著，卻上到你們的火車上了！」

木炭火炭爺爺停下鏟子說：

「誰不是這樣呢？我們約好了要去南洋發財，陰錯陽差跟著火輪車來到臺灣變成羅漢腳，這裡成了我們的家。但是往另一邊想，如果真的到南洋，誰知道又會怎樣？一切都是媽祖婆的主意，這是注定好好的，知道嗎？」

他們的話太有哲理了，曾聰明正在仔細想，沒想到半空中像是響起一聲雷：

「火輪車跑這麼慢，太陽下山我也趕不到臺北城啊！」

是那個有緊急軍情的大漢。只見他睜著大眼睛，一臉怒氣沖沖的跑來罵人。

「好好好，軍爺，我們把火燒旺一點。」兩個老爺爺笑著說，「火輪車就要過山洞了，人客官，趕緊回去坐好吧！」

他說得沒錯，山壁開始兩邊夾緊，半圓形的隧道近了。

裡頭黑漆漆的，火車進隧道了。

七恰七恰，七恰七恰，隧道裡頭太黑，什麼都看不到，火車車廂窗子很小，煤煙味嗆得人受不了，可是郝優雅天不怕地不怕，她早就相準了十二姨太，趁黑伸手在她脖子上輕輕一抹。

「是誰？」十二姨太尖叫了起來。

郝優雅的惡作劇還沒完，大漢又怒氣沖沖經過她身邊。

大漢正在氣火車不準時又跑得慢，再氣火車上沒人尊敬他，最後氣他的緊急軍情不知道洩漏了沒有。

他才想到這裡，突然手被什麼人摸了一下。

「如果被人知道大清國士兵都沒有褲腰帶的話......」

「誰？」四周明明只坐了他一個人！

一隻冷冰冰的手，摸摸他的臉頰。

那麼冰，那麼冷，絕對不會是人的手，如果不是人，那就......

他從小就怕「那個」，想到這裡再也忍不住，用力跳起來，這一跳太用力，頭撞到了車頂，急忙中，他還以為是「那個」打了他。哎呀，

這麼黑，這麼暗，絕對就是「那個」......

「鬼，有鬼，山洞裡有鬼呀！」

他邊喊邊跳，跳啊跳啊，就那麼巧，火車就在這時出山洞，白花花的陽光又從四周斜灑下來時，他恰好跳到了十二姨太面前。

「鬼……」他臉紅了，「我以為……」

「以為……」

十二姨太只簡單回了他一句：「惡人沒膽。」郝優雅嘻嘻一笑，心裡想的是：難怪你只能送五等軍情。

超時空報馬仔

手拿拔牙鉗的傳教士——馬偕

馬偕是加拿大人，生於一八四四年，他在十歲以前，就立志要成為十字架的戰士——傳道士。

一八七一年，馬偕被教會派遣來臺傳教，他在淡水創立了臺灣北部第一所西醫院——「偕醫館」，以醫療傳道之精神，展開身心醫治及傳福音的工作。

馬偕會說流利的廈門話，他在傳教過程中，曾被丟石頭、吐口水，也曾經歷過中法戰爭、日軍侵臺，可是他依舊無怨無悔，除了在偕醫館裡為病人治病之外，也常常帶著門徒到處去傳道，走過臺灣許多地方。

馬偕是一位牧師，不是醫師。他沒有受過醫學訓練，可是卻與醫學結了不解之緣。他拔牙的技術一流，一面傳教，一面替人拔牙，有人形容他是——拿著拔牙鉗的傳教士，「一手聖經，一手鉗」。當時的人們因為「挽牙齒免錢」，爭相找他治療牙疾。馬偕在臺灣近三十年，被他拔過的牙齒高達兩萬顆以上，與當今的牙醫師相比，是個天文數字。

今天，淡水有馬偕醫院，也有他設立的神學院。臺灣現在還有不少原住民仍以「偕」為姓，以表示對馬偕的感念與愛戴之意。

淡水街上立著馬偕頭像。
（圖片提供／吳梅瑛）

淡水的偕醫館是馬偕當年行醫之處。（圖片提供／吳梅瑛）

七恰七恰，火車過山洞嘍！

獅球嶺隧道位於現今的基隆市，由基隆市政府正式更名為「劉銘傳隧道」，它是全臺灣第一個，也是唯一一個清代留下來的鐵路隧道。

劉銘傳建鐵路，先建基隆到臺北，其中以獅球嶺隧道工程最艱鉅。當年沒有現代化機器，大半都要靠人力一鏟一鋤的挖掘，一共花了三十個月才鑿通。

獅球嶺隧道全長大約有兩百三十五公尺，這裡的土質複雜，北段大多是堅硬的岩石，南段是潮溼的軟土，聘請英國與德國的工程師當顧問。

這條隧道，以紅磚和石塊砌成半圓的拱形，直徑四公尺，內部路線略呈弧形。

隧道南邊開口上有劉銘傳親題的「曠宇天開」四個大字，這個隧道曾經營運了七年多。甲午戰爭後，臺灣割讓給日本，日本人認為這個隧道的坡度太大，於是在附近另外新建「竹子寮隧道」，獅球嶺隧道自此走入歷史。

獅球嶺隧道因為深具歷史文化價值，還被指定為市定古蹟，目前被妥善的保存著。若你有機會去基隆玩，別忘了順道去探訪探訪它吧！

54

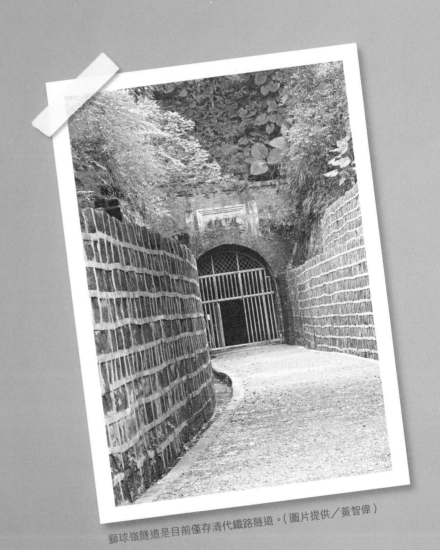

獅球嶺隧道是目前僅存清代鐵路隧道。(圖片提供／黃智偉)

4 火車洗臉站

火車才出山洞，嘰～欸～火車又停了。

「這是什麼站？附近也沒住家，怎麼可以停，我有緊急軍情，如果慢了⋯⋯」

大漢大聲嚷嚷著，剛才太丟臉，現在惱羞成怒。

不過他說得也沒錯，左邊山壁右邊河谷，山壁上方是樹林，樹林裡的瀑布嘩啦嘩啦的流。

阿傳招呼大家：「人客官，火輪車過山洞，大家臉都髒了，在這裡洗洗手、洗洗臉，進城逛街才清雅。」

洗臉站，哪有這種站？

郝優雅擦了擦臉，果然黑得可怕。

十二姨太喚她：「你是木頭人嗎，快去提水給我洗臉！」

水桶剛拿起來，十二姨太的命令又下了一串：

「毛巾呢，你沒拿毛巾，我怎麼擦臉？」

「走路輕一點，不要把水濺出來。」

「毛巾再洗十二遍！」

「你不會笑嗎？當丫鬟委屈你了嗎？」

郝優雅吐吐舌頭。「十二姨太真可怕，簡直……比我媽還嘮叨。」

「今早在基隆加的水不夠，」木炭火炭爺爺要曾聰明去提水，「火輪車加夠水，等一下才有足夠的蒸汽爬大坡。」

火車嗚嗚開動，進入丘陵地。

山坡上是茶園，茶園一圈一圈直上山頂，山頂上有人家，許多小孩緊跟著火車跑，阿傳脫下帽子跟他們揮揮手。

「看到沒有，從這裡開始，都是我們家的茶園。」王老闆說。

「哪一塊？」十二姨太慵懶的問。

「全部。」

「那麼多，你一個人怎麼種？用採茶機嗎？」郝優雅問。

「當然不是，他們種好茶，再把茶送到大稻埕，那裡我有製茶坊，製好茶，再賣給洋行，然後他們用豆格拉屎的輪船賣到外國去。現在有了火輪車，我就可以運到基隆去，用劉大人的輪船運出去，自己賣不必給洋人賺。」

他說得很得意，外頭小孩跑累了，停下來，看著火車越開越遠，他們的人也越來越小。

「劉大人開這條鐵路，替我們找到一個茶葉新出路，以後茶就從基隆出口，『雞籠茶』聽起來怎麼樣？」

十二姨太笑他：「好像是專門給雞喝的茶。」

「別笑別笑，以後我們自己製茶自己賣，利潤多了幾十倍，我在大稻埕給你蓋一棟西洋樓，買西洋胭脂水粉，像這款的丫鬟，」王老闆指著郝優雅，「你要一百個，我也買給你。」

「我是人，不是茶葉，怎麼能讓你這樣買賣？」郝優雅搖搖頭，猜不透這時代人的想法。

轉個大彎，火車沿著大河走，河水嘩啦嘩啦，火車七恰七恰。

奇怪的是，火車在這裡繞來繞去，王老闆在一邊得意的解釋，什麼這裡是葉阿舍的田，那邊是鼎鼎有名張阿舍他們家祖先的墓地……郝優雅就不懂了。「鐵路為什麼要這樣繞來繞去？直直開過去比較快呀！」

「不行，鐵路經過的地方，都是我們捐的，怎麼能讓鐵路壞了我們的風水？所以，竹林要繞過去，小姨太的花園也要彎過去。」

「天哪，難怪火車開這麼久，路線這麼彎。」

彎彎的鐵軌來到一個小小的村落，後頭有小小的山坡，土角厝、三合院，木炭、火炭爺爺讓曾聰明猜這是哪裡，他卻猜不出來。

「這裡是水返腳村。」一個爺爺說。

「是海水漲潮，來到這裡就轉回去的地方。」

「水返腳？好奇怪的名字。」另一個爺爺說。

更奇怪的事在後頭，水返腳

村口站了好多人，像是專程在等

火車。

難道全村人都要來坐火車？

有個道士，嘴裡唸唸有詞，

鈴鐺叮叮噹噹作響；乩童站在另

一邊，搖頭晃腦，狼牙棒在空中

揮來揮去；還有幾個人敲著鑼，

火車經過時就拚命的敲哇敲。

鏘鏘鏘，鏘鏘鏘，鑼聲和火

車行進的聲響合在一塊兒。

不少人家擺著香案，白煙裊

裊，不知道在拜什麼神？

阿傳難得正經下來，一臉嚴肅的解釋：「他們是在除煞，說什麼火輪車是馬面火妖，火輪車每次經過，他們都要做一次法，說是能降妖除魔。」

「那好累呀！」郝優雅說。

阿傳一陣苦笑的說：「以前經過蛤蟆村，那才累。」

「怎麼會有人把村子取名叫蛤蟆村，難道對面有天鵝？」

「那裡的人說蛤蟆村緊靠著

蛤蟆山，整個村子就像坐在太師椅上。村口面對著大河出海口，好似蛤蟆的嘴，嘴大吃四方，在風水上這種地方就叫做蛤蟆穴。」

「蛤蟆穴，真有趣！」

「村裡有兩個池塘，他們說那是蛤蟆眼，還說蛤蟆穴的穴位好，風生水起會出賢人。劉大人想讓火輪車經過那個村。結果當地的村長、仕紳一聽到消息，立刻帶了村人，拿著鋤頭和鐮刀，就到臺北找劉大人理論去了。」

「那叫做抗議！」

「對，就是抗議。因為他們抗議得太凶了，劉大人只好把鐵軌移到蜈蚣村，蜈蚣村的人也不滿意，因為那裡有一長列的小山丘，風水上就叫做……」

「蜈蚣穴？」

阿傳苦笑著說：「蜈蚣村的人說，火輪車這麼一走過，就像在蜈蚣背上砍一刀，砍一刀哪能活呀，他們也不答應，東邊不行，西邊不能，火輪車路線改了又改，最後就搬到水返腳這裡來。」

郝優雅搖搖頭說：「我光聽就聽累了，你們的鐵軌這樣移來移去，不累呀？」

「累呀，這裡的坡度也陡，等一下到了牛拉火車坡，還可以看看水牛拉火車的奇景。」

王老闆哈哈大笑：「真是沒見識的鄉下人，連火輪車都不知道，還說什麼馬面火妖。」

阿傳笑著說：「還是王老闆跟得上時代，難怪你的茶葉能銷到世界各國去，知道時代在進步，很多觀念都要改變。」

「是呀，像我就知道，若是要求子，就要去拜基隆的註生娘娘，基

65

隆的註生媽最靈驗，哪像這種鄉下人，拜什麼火輪車神，真好笑。」

「啊？」郝優雅聽到一半，差點把十二姨太的洗臉盆打翻。

王老闆還很得意的又說：「若是要算命，要找大稻埕的李神摸，他是全臺第一摸，摸骨大師的摸啦，我娶十二姨太也是李神摸的，他說她的骨相好，誰娶了她，就能榮華富貴十輩子，不像我前十一個太太，粗手笨腳……」

聽了半天，原來王老闆比其他人更迷信，郝優雅這回再也忍不住，那盆水就真的全潑在十二姨太的臉上了。

超時空報馬仔

火輪車來了，快跑！

西元一八八七年，劉銘傳在臺北成立「全臺鐵路商務總局」，聘請英德兩國工程師，著手修建中國第一條鐵路。

一八九一年，臺北——基隆間鐵路完工，鐵路全長二十八點六公里，成為臺灣第一條鐵路。

為了這條鐵路，劉銘傳向德國買了兩部蒸汽火車，分別命名為騰雲一號與御風二號。騰雲、御風皆有「極快速」的意思，不過，當年最高速度只有三十五公里，現在的腳踏車只要踩快一點，說不定就能比當時的火車快了。這條鐵路從基隆起，沿途經過八堵、水返腳（今汐止）、南港、錫口（今松山）到達臺北，兩年後又延伸到新竹。

清代所建的臺北火車站。（圖片提供／吳梅瑛）

當年大多數的人並不了解鐵路的重要性，劉銘傳推行時困難重重。像是最繁華的商業中心艋舺（今萬華）的商人怕鐵路破壞風水，誓死反對鐵路經過艋舺，劉銘傳只能妥協，將火車路線繞道而行。一般民眾也把火車稱為「妖馬」、「火輪車」，光聽名字都覺得可怕了，要他們搭乘，自然是更不願意了。

劉銘傳原本計劃把鐵路從基隆修到臺南，但接任他的巡撫邵友濂卻因為沒有經費，持續經營鐵路又虧損連連，最後只好停工了。

劉銘傳所建的這條鐵路，因為運輸能力不佳，後來被日本人拆掉了。日本人重新建了從基隆到高雄的縱貫鐵路，於一九〇八年全線通車。

日治時代改裝後的騰雲號火車頭。（圖片提供／小草藝術學院）

1891

劉銘傳規劃興建的基隆—大稻埕段通車，長 28.6 公里。

1893

大稻埕—新竹段通車。

1908

基隆到高雄縱貫鐵路貫通，總長 404.2 公里。

1926

臺東線鐵路通車。

1980

北迴鐵路通車。

1991

南迴線完工通車，臺灣的「環島鐵路網」完成。

5 牛拉火車上山坡

路線太彎？

坡度過陡？

蒸汽火車頭太古老？

曾聰明和兩個爺爺在車頭拚命的加煤炭，火燒得這麼旺，火車還是走得慢吞吞。

既然走得這麼慢，十二姨太當然有時間換衣服，邊換邊罵郝優雅。

郝優雅不敢回嘴，誰叫她剛才把一桶水全潑在十二姨太「尊貴」的臉上呢！

火車嗚嗚嗚，十二姨太慢條斯理的補好妝，點好胭脂，每做一個動作，就唸一次笨手笨腳的郝優雅。

等她從「落湯雞」變回「尊貴的十二姨太」後，從容的回火車上吃綠豆糕，瞪郝優雅。

吃完了，拍拍手，郝優雅把點心盒交回給牛車司機，她這才滿意的揮揮手，讓牛車不用跑這麼急了。

牛車？

沒錯，王老闆的牛車從基隆開始，就緊緊跟在火車旁邊，王老闆想要什麼，牛車上就有什麼，扇子、行李和一個阿舍專用的金尿桶。

牛車上也設有十二姨太的VIP包廂，裡頭有貼身換衣丫鬟一名，她還可以到牛車上睡個午覺，也可以在笨手笨腳的丫鬟把水潑在她身上時，回豪華牛車包廂換衣服。

「帶著牛車，自己坐火輪車？這是什麼心態呀？」郝優雅簡直無法相信。

「把洗臉水潑在我身上？這又是什麼丫鬟哪？」十二姨太很生氣。

「要點心，有點心；要尿桶，就有金尿桶，這才是有錢人的生活！」茶商王老闆的笑聲很刺耳。

笑到一半，他突然對阿傳說：「火輪車跑得比牛車慢，難怪火輪車會賠錢，哎呀呀，我的茶葉若是走這條路線，就怕被英國豆格拉屎輪船搶了先。」

阿傳搖搖頭說：「路線太彎，坡太陡，我也沒辦法。」

他說得沒錯，曾聰明在車頭看到：前方有個大彎，彎度至少超過一百五十度，除了彎，坡度也很陡，火車瘋狂的喘氣噴煙，速度卻越來越慢。

喝喲喲！

72

喝喲喲！

煤炭煤炭喝喲喲！

喝喲喲！

喝喲喲！

做伙啟動喝喲喲！

不知不覺，曾聰明和老爺爺們的吆喝聲都變了。

鍋爐吐出紅紅的火舌，像是貪吃的小孩，煤炭餵得再快，也填不飽他的肚子似的。

喝喲喲！

喝喲喲！

喝喲喲！

本來勉強和牛車一樣快，後

來變得跟蝸牛差不多，最後連螞

蟻都追上來了。

終於，蒸汽火車嘰煞煞，吐

出長長一聲，它真的跑不動了。

阿傳急忙拉住煞車桿，兩個老爺爺擦著汗說：「沒法度，今天又爬

不上去了。」

那怎麼辦？

阿傳走回第一節車廂找王老闆借牛車。

「我家的牛拉你的火輪車？」王老闆不願意，「我家這隻尊貴的牛

拉火輪車？嗯……」

王老闆想了一下說：「好吧，拉一次火輪車八角。」

「八角？」阿傳也不願意，「整車客人十三位，扣掉煤炭和水費，哪有錢付？」

「反正，我已經付了車票錢，火輪車就得把我載去臺北城，火輪車開不動，你得想辦法。」前不著村，後不著店，王老闆趁機敲竹槓。

阿傳搔著頭跟曾聰明說：「給你一個戴罪立功的好機會，你跑到坡頂，那裡有個村子，去借幾條牛來拉火輪車。」

「我？」曾聰明一時嚇傻了，只想到牛怎麼拉得動火車，忘了去解釋他沒犯錯，為什麼要戴罪立功？

木炭火炭爺爺笑著說：「對啦對啦，今天有你來，我們這把老骨頭不用去爬坡。」

這道坡，坐在火車上看很陡，下來走的感覺，更陡。

如果是郝優雅，可能不用五分鐘就可以快速的爬到坡頂。不過她正

在幫十二姨太搥背，十二姨太要求她每一下的力道要平均，輕重要適中，節奏也要一致，所以她怎麼會有空幫忙跑到坡頂。

曾聰明長長的嘆了一口氣，認命的下了蒸汽火車，他才走一小段路就渾身大汗，等爬上了坡頂，衣服已經全溼了。

村子口，坐著幾個缺牙的老公公，一聽他說要來借牛，每個人都是笑呵呵。

「一個月借五遍，你們家的火輪車太沒擋頭了。」

「我家的水牛常去拉火輪車，現在很有架子呢，要牠們耕田，還不太願意哩─」這個老公公像在說一則童話故事似的。

「不過，」一個完全沒牙，說話漏風的老公公說：

「牛都在村尾那邊吃草，你要自己去那裡找。」

「啊？還要走哇？」

那些老公公哈哈一笑：「不是走，是爬。」

在老公公的笑聲中，曾聰明悲憤的擦乾臉上的汗水（當然，也有可能是淚水），爬呀爬呀，再長的山坡，只要願意爬，總有爬到的時候，即使他在途中休息了至少十次以上，每一次要爬起來，他都用這句話來勉勵自己。

超時空報馬仔

洋行、茶商與鐵路

「洋行」是外國人所開設的外商公司，他們在臺灣經營貿易，把外國的物品引進臺灣，也把臺灣生產的貨物送到國外販售謀利。

臺灣在一八六〇年後，陸陸續續開放了安平、滬尾（淡水）、打狗（高雄）、基隆。開港後，洋行很快的就在各個港口設立據點，建立倉庫。像英國的怡和洋行與德記洋行等都是當時臺灣的大洋行，臺灣生產的茶葉、樟腦等，幾乎都要透過洋行才能運出去販售，而臺灣需要的機器也委由洋行引進，像臺灣最早的鐵路機車騰雲號，就是請英商怡和洋行向德國購買來的。

這些外國洋行因為語言、風俗習慣的差異，無法直接跟臺灣人貿易，所以都會僱用漢人買辦來協助買賣。

洋行讓臺灣的茶葉、蔗糖和樟腦進入國際市場，茶葉甚至取代蔗糖成為最大的輸出品，而外國的貨品例如鉛、鐘錶、火柴、煤油也由洋行引入臺灣。

一八九五年後，臺灣成為日本殖民地，日本總督府以公權力保護、扶植日本企業，外商洋行難與日本企業競爭，這才逐漸衰落。目前也僅有少數洋行存在，如怡和洋行、德記洋行等。

位於淡水的英商嘉士洋行倉庫。（圖片提供／吳梅瑛）

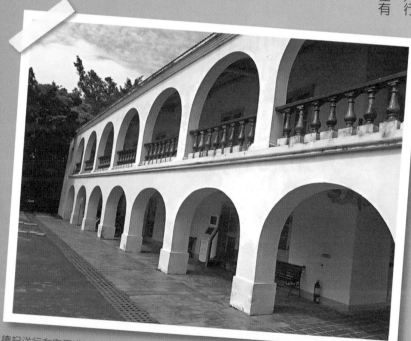

德記洋行在安平港設立的據點。（圖片提供／吳梅瑛）

6 第一屆水牛與火車拔河大賽

十二姨太滿意了。

她打了個哈欠說：「下回就這樣搥。」

郝優雅終於能喘口氣，一抬頭，恰好看見曾聰明回來了。

二十頭水牛和十二位牧童在曾聰明帶領下，浩浩蕩蕩的走向蒸汽火車頭。

車頭。

怎麼拉火車。

車廂裡的人，這會兒全都探出頭去，看著牧童如何綁繩子，水牛要

有了水牛的幫忙，蒸汽火車終於緩緩的上了山坡。

山坡上，好熱鬧，全村的人扶老攜幼，全來看熱鬧，那幾個缺牙的

老公公說：「果然還是水牛夠力，才能把火輪車拉上來。」

「笑話，水牛拉火輪車？那是火輪車自己出力，水牛只能幫忙一點點。」木炭火炭爺爺不服氣。

完全無牙的老公公說：「哼！沒有水牛拉，你的火輪車還在山腳下喘哩。」

這下惹惱木炭火炭爺爺了。「不然，水牛和火輪車來比一比，看誰的力氣大。」

老人家的火氣比蒸汽火車還要大，說比就要比，旁邊的人勸他們，他們也不理。

第一屆火車與水牛的拔河比賽，就是這樣決定的。

火車爬上坡頂，恰好有段平坦的地面，適合當比賽場地。

「看來看去，我覺得水牛力氣大。」大漢比誰都還投入。

他已經忘了緊急軍情——士兵的褲腰帶還沒著落呢。

82

商人最懂得利用時機，小販們攤開花布，叫賣起玉米、花生和瓜子來，兩個外國商人又吃花生又吃瓜子，還跑到外頭去看水牛。

村子裡的小孩大概沒見過外國人，外國商人看水牛，他們跟在後頭看外國人，有個小男孩還偷偷拉了拉商人的金髮，得意的宣布：

「頭髮是真的耶！」

在這麼熱鬧的場合裡，牧童可沒忘記自己的工作，水牛移到車尾，列火車就這麼嘰哩喀啦的緩緩倒退。

十二個牧童大喊一聲，二十條水牛默默的把繩子拉成緊繃的直線，一整

「贏了啦，贏了啦！」村民們發出歡呼的聲音。

「沒錯吧，水牛力氣大。」大漢好得意，「早該叫水牛拉火輪車進臺北城。」

他終於想起自己的責任了，回頭抱怨牛拉火輪車耽誤他的行程。

火車頭上的阿傳卻不疾不徐，等水牛拉了一陣子，這才拉拉汽笛，木炭火炭爺也開始鏟煤，蒸汽火車七恰七恰的運轉起來嘍。

二十頭水牛想要以多數勝少數，但是火車不讓，圍觀的人都看到，火車緩緩向前，水牛群耍賴，用腳抵著地與火車對抗，但火車加快速度，水牛群也跟著見風轉舵，一隻隻轉過身來，像是

84

火車帶著二十頭水牛漫步。

村子裡的人不服氣，他們追上來，除了把牛牽回去，還趴到車底下檢查：

「作弊吧？火輪車裡面偷偷藏了牛幫忙？」

「火輪車如果這麼有力，怎麼會爬不上坡？」

曾聰明對郝優雅說：「我看不是牛力氣大，是那個坡太陡，角度太彎，最好能找別的路線。」

郝優雅沒在聽，她心裡有個警報器，喔伊──喔伊──喔伊──的響著。

牛拉火車，大家都去看熱鬧。

十二姨太為了顯威風，在比賽即將開始前，派她回牛車去取東西。

「拿我的帽子來，不要白的、黃的，也不要綠的、紫的，有流蘇的別拿，鑲亮片的我今天也不想戴，太陽這麼大，我快被晒昏了。你還不去呀？這懶丫頭。」

郝優雅氣憤難平，她抬頭看天空。「什麼太陽大，明明就是你想出風頭。」

就在那時，她發現車頂上好像有人。

那人一身黑，好像是非洲人？

郝優雅正想看仔細，車頂卻只剩下晴朗的藍天和蒸騰的煙氣。

「一定是我眼花了。」她翻箱倒櫃，好不容易找到一頂紫色，沒亮片，沒流蘇的帽子給十二姨太。

火車拉著牛群走，十二姨太也指著她罵：

「你存心想晒死我呀，黃曆上說今天不宜戴紫色，你到底有沒有在聽我說？」

郝優雅又一次追上火車（反正火車也跑得夠慢的了），好不容易拿著帽子回來時，第一屆牛與火車拔河大賽已經結束了。

就在乘客們一股腦的全部湧回火車上時，有道黑影從另一邊竄上車頂，輕飄飄的落下。

她揉揉眼睛，光天化日下，總不會出現阿飄吧？

「我覺得，這條路線真的不好，哪有人派牛來拖火車的，你說對不對？」曾聰明等著她回答。

郝優雅沒空理會他，為了證實自己的想法，她直奔火車頭，兩步跳上煤堆。

濃濃的蒸氣，嗚嗚嗚的汽笛，車頂上果然有個人。

黑衣黑褲黑頭套。

「忍者！」跟著她來的曾聰明大叫。

忍者一個打滾，又從車頂消失了。

「這裡怎麼會有忍者？」郝優雅懷疑。

阿傳也來了，他說：「那是日本派來的奸細，專門打探臺灣的情形，我們快去把他抓起來。」

超時空報馬仔

臺灣茶聞名世界

臺灣地形氣候適合種茶，英國的洋行也注意到了。

英國商人陶德先在臺灣成立順記洋行，又在茶商李春生的協助下，從中國的安溪引進茶種，並且貸款給農民，鼓勵農民大量種植。初期臺灣只有生產粗茶，茶葉品質不佳。陶德後來在大稻埕設立茶廠，自大陸福建引進製茶技術，讓臺灣茶的品質獲得極大的改良。

這些茶，被陶德以「福爾摩沙烏龍」（Formosan Oolong）引進美國，立刻在美國成為暢銷茶品，陶德也因此被稱為「臺灣烏龍之父」。

那麼，臺灣的茶商就可以賺大錢嘍？

實情並沒有。

臺灣當年的海上航運，全被「道格拉斯輪船公司」給獨占。這家公司由幾家英國洋行集資成立，為了搶占市場，他們還為臺灣當年不良的港口打造特別的船隻，茶葉可以由淡水出口，直接運到福建，出

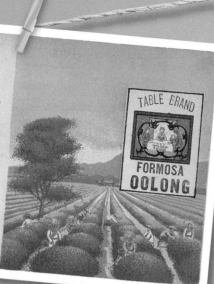

Dear Madam,

Please call at our store at once, when we shall be pleased to give you, free of charge, sample of our own importation of "TABLE TEA."

Yours truly,
DANIEL J. MACDONALD.

TABLE BRAND

FORMOSA OOLONG

日治時期臺灣烏龍茶的廣告。(圖片提供／小草藝術學院)

口到海外。

既然航運被道格拉斯輪船公司給獨占，運送茶葉的運費利潤就被外商賺走了，劉銘傳也因此設商務局，買了輪船想和道格拉斯競爭海運市場。

臺灣的茶商只能向茶農買茶葉，然後賣給洋行或廈門的商人，賺取中間價格的差額，賺取的利潤不多。把茶葉賣到歐美市場的利潤，還有將茶葉運到歐洲的運費利潤，全進了英美等外國商人的口袋。

劉銘傳在臺灣主持新政時，特別號召臺灣茶商，要他們集資、出地，建立一條大稻埕到基隆的鐵路。臺灣的茶商之所以願意出錢，也是希望往後經由鐵路將茶葉運到基隆，再送上商務局的輪船，和外國洋行、輪船公司競爭，自己找出一條貿易的新路。

7 日本忍者在臺灣

阿傳說，日本人不知道派了多少細作來調查臺灣：艋舺一斤白米多少錢，安平演歌仔戲要多少戲金，他們都查得一清二楚。

「臺灣現在有火車，他們也會有興趣。」阿傳補充，「劉大人才剛和法國人打完仗，現在連日本人、英國人也都對臺灣有興趣。」

「所以日本人派忍者來探聽？」郝優雅問。

阿傳給她一個苦笑。

苦笑的人不止阿傳一個，王老闆也愁眉苦臉的，因為十二姨太不舒服，一張臉氣呼呼的，王老闆賠著笑臉，笑話說了一個又一個，十二姨太就是不理他。

三個小販靠在擔子上休息。兩個女孩為老媽媽梳頭。老爺爺在幫猴

子抓蝨子，大漢坐在他們旁邊抱怨。兩個外國商人坐後面，聊天、看風景和打瞌睡。

「多了一位。」郝優雅看了一眼，輕手輕腳走到車尾，其他人都有又油又亮的長辮子，打瞌睡的商人沒有。

「就是他。」郝優雅大叫。

那個商人果然是忍者假扮的，聽到郝優雅一叫，他翻身一跳，就跳到窗外，順著山坡直直往下滾，滾到坡底，站起身來跑遠了。

幸好，忍者掉了張紙在座位上，那是一張地圖，密密麻麻寫滿了日本字。曾聰明認得——那是基隆到臺北的鐵路圖。

他說：「果然是間諜。」

阿傳嘆氣：「可惜了。」

郝優雅也說：「是啊，可惜了。」

大漢問：「什麼可惜了？」

阿傳告訴他：「這個日本來的間諜，不知道在臺灣躲了多久，打探出多少機密。」

大漢大叫：「哎呀呀，這可不好了，堂堂大清國的眾水師沒有褲腰帶，日本人也知道了這則消息？」

他所謂的機密軍情，現在已經是火車上公開的新聞，只有他還當成寶貝。

曾聰明勉強忍住笑。「當然啦！他掉了地圖，回去只能拿你那件緊急軍情去交差。」

大漢很生氣，先是要阿傳負責，命令火車跑快一點；接著又嫌車廂太擁擠，消息才會走漏；最後，他又有個想法，讓大家嚇一跳。

「車上，會不會有其他間諜來偷聽我的機密軍情？」

大家都笑了，誰會為了褲腰帶派間諜來呢？

大漢走過去，對著車上那兩個外國人說：「你們是不是為了偷聽我們大清國的機密來的？」

郝優雅替他們解釋說：

「軍爺，人家可是道道地地

的商人……」

郝優雅話還沒說完呢，那兩個金髮藍眼的外國人就怪腔怪調的說：

「我們……我們是英國來的商人，他……」他指著車上另一個低頭睡覺的人說：「他，他才是美國間諜。」

「要抓起來，統統抓起來。」大漢抓著英國人，又想去拉美國人。

沒想到睡覺的美國人跳起來，嘰哩呱啦對著車廂另一邊的商人說了一串話。

那人猛的站起來，你瞪我，我瞪你，幾個人嘰哩呱啦又吵了一陣，趁阿傳他們愣住的空檔，先合力把大漢推倒，四個人分成四個方向跳下車去。

阿傳問：「剛才那個人說什麼呀？」

「應該是英文。」郝優雅很確定。

96

曾聰明補充：「好像是說

『Come on, Spanish』，應該

是『走吧，西班牙人。』」

「英國人、美國人、日本

人和西班牙人，有這麼多間諜

在臺灣？」

「可見臺灣真的好，世界

上的國家都想來插一腳。」阿

傳說。

曾聰明問：「我們現在怎

麼辦？」

阿傳看著他說：「現在開始，我升你為騰雲號祕密調查員，每個上

車的旅客，你都要好好檢查一番，免得再被外國間諜混上來。」

「祕密調查員？」

「沒錯，從現在開始，你要負責注意火輪車上有沒有外國間諜活動的跡象，隨時向我報告，他們可能躲在車頂、車頭甚至是車底……」

「或是廁所？」

「廁所？什麼是廁所？」

「就是尿尿的地方。」

「喔，沒有，火輪車上沒裝尿桶。」

「那想上廁所的客人怎麼辦？」

「他們必須忍耐，不然就是先跳下車，尿完了，再自己追上來。」

「追不到的話？」

「火輪車可以等他呀。」

「火車等人？哪有可能。」

「當然可以，你們看前面……」

前面是片番薯田，田裡站著三位貴氣逼人的老婆婆，她們穿著金色、銀色和紅色的大衣，正對著火車招手。

郝優雅睜大了眼睛說：「這裡又不是火車站。」

「本列車嚴重虧損中，只能加強服務，以顧客優先。」

「意思就是賺錢第一？」

阿傳點點頭，回到車頭，蒸汽火車

「嗚嗚！」兩聲，真的停了下來。

金衣婆婆臭著
臉說：「你今天又
誤點了。」

銀衣婆婆埋怨
著說：「我們等了
好久好久。」

「沒問題，從
這裡一直到大稻埕
都是下坡，我們加

點炭，不會誤了你們逛

街買衣服。」阿傳賠著

笑臉。

曾聰明問：「那……

我的調查工作？」

「暫時停止，快去告訴木

炭火炭爺爺，加炭升火，我們

快馬加鞭，不對，是快車加炭

回到大稻埕再說。」

超時空報馬仔

外國人眼中的天鵝肉

我們常說：「癩蛤蟆想吃天鵝肉。」臺灣在西洋列強的眼中，就是那塊肥美的天鵝肉。臺灣，緊鄰中國，又位居東亞航運要衝，早是各國覬覦的目標。

清末，英國為了與中國貿易，逼迫清廷割讓香港作為據點，美國商人眼見英商取得香港後發展順利，多次要求美國政府比照英國方式取得臺灣，對臺灣十分覬覦。一八六〇年，各國施壓，迫使清廷同意臺灣開港，各國商人進駐，臺灣成為新興的國際貿易據點。

至於日本，他們打從一六〇九年，也就是離現在四百年前就曾派人調查臺灣的港灣及物產，並且派兵來臺灣兩次，這時的主要目的不在占領臺灣，而是想要讓原住民向日本稱臣進貢。不過，這兩次行動都失敗。

日本明治維新後，加入歐美各國的行列，開始對臺灣展現高度企圖心，怪的是，別的國家把臺灣當成天鵝肉，清廷反而一直不太重視臺灣。到了一八七四年，日本利用琉球人被臺灣原住民殺害的機

會出兵臺灣，此行動的主要目的是藉著臺灣的事件，壓迫清廷承認日本擁有對琉球的宗主權。

在事件爆發後，清廷急忙派福建船政大臣沈葆楨來臺灣做軍事部署。經此事件，清廷終於發現以往不重視的邊陲臺灣，在海防地位上非常重要，於是一改消極政策，開始積極經營臺灣。

日本人派人到臺灣調查繪製的臺灣島明細圖。（圖片提供／小草藝術學院）

8 火車駛入臺北城

太陽下山前，前方出現一座城，那就是——

「臺北城。」

王老闆得意的說：「背靠七星山，面對淡水河，背山面水，完全按照中國人風水所打造的城池。」

晚風吹進火車內，有炊煙的味道。

郝優雅好奇的問：「你怎麼知道？」

「當然知道，劉璈劉大人號召大家捐款建城，我也捐了不少錢。」

「是嗎？」

「捐銀十兩，有感謝狀一張；捐一百兩，可在城牆磚上留名；若是捐到千兩以上，由知府大人送一塊城門磚當紀念品，還能以貴賓身分出

104

席臺北城落成典禮；財力雄厚的仕紳捐十萬兩白銀，連城門都能參與設計、題字和留名。

「那哪一座城門是你設計的？」郝優雅很有興趣。

「這……」王老闆遲疑著。

「你去當落成典禮的貴賓？」

王老闆搖頭。

「難道你只在城牆的磚上面留名？」

王老闆尷尬的搖頭。

「不會吧，你只有……」

十二姨太很光采似的說：「他有感謝狀一張。」

講到感謝狀，王老闆有精神了。「上面有劉大人親筆簽名呢！」

「所以你只捐十兩？」

「建城的時候，劉大人說的嘛，一兩不嫌少，萬兩不嫌多，盡心盡力最重要……」

這個財大氣粗卻小氣巴拉的財主，就這麼一路解釋，火車快到大稻埕了，經過臺北城，從城門口望進去，一排路燈，恰好發光，他終於成功轉移焦點：

「看到沒有，那是路燈，你這個丫鬟沒見過吧？」王老闆比給郝優雅看，「這款路燈最先進，不必吃油。」

郝優雅問：「不必吃油，那吃什麼？」

一旁的大漢說：「全臺灣只有臺北城有這種洋貨，它不吃油，是吃電的喔，我每次只要來到這裡，就覺得好先進。」

「喔，原來是吃電的，真的好先進喔！」她心裡覺得好笑，在現代理所當然的電力，對這時代的人來說，竟然神奇的像魔法一樣。

106

原來這就是清代的臺灣。

郝優雅看著街上的一切，看起來都很熟悉，卻又有點兒陌生感，不知道她的祖先是不是就在這些人裡頭？

想著想著，火車嗚嗚嗚，開進一座屋頂用鐵架支撐，柱子是磚造的火車站。

說它像火車站，還不如說它比較像鐵工廠。

「大稻埕到了，大稻埕到了，要下車的旅客，別忘了您的行李，還有您家的姨太太。」阿傳這句絕對是講給王老闆聽的。

嘰——煞！

蒸汽火車真的停了，濃煙滾滾，火車站裡，什麼也看不清。

阿傳提著一盞煤油燈，站在車廂下，讓大家看清路面。

王老闆下車了。

十二姨太走在前面，邊走邊罵：「請的那是什麼笨丫鬟，連搥個背都不會。」

王老闆有點不耐煩的說：「好啦好啦，若是嫌這個粗手笨腳，回茶莊我再找十個讓你慢慢選。」

濃煙中，十二姨太和王老闆上了牛車，十二姨太一臉氣呼呼，連郝優雅跟她說再見，她也不理。

車廂裡的大漢也搶著下車，煙霧瀰

漫的火車站裡，郝優雅看見幾

個人牽著馬，等在列車邊，

一看見大漢現身，他們立

刻跪下去大喊：「恭迎

欽差大人。」

「欽差大人？」

曾聰明和郝優雅心

裡都有疑問。

大漢轉頭時，燈

光恰好照在他的臉上，

咦？他現在看起來彷彿換

了一個人，眼神銳利，神采

飛揚，和上車時的粗魯樣子完全不一樣。

「我們趕快回府，我有機密軍情要稟報給知府大人。還有，日本國、英國和美國人都派細作來臺，吩咐下去，城內城外加強防備。」

「是。」

郝優雅推了推一旁的曾聰明說：「看起來，他才是真正的祕密

調查員。」

不過，欽差的下一句話更讓人擔心。

怪異，把他們帶回來，說不定是大功一件。」

「你們幾個，上車搜一搜，火輪車上有兩個小孩，口音奇怪，舉止

「是！」

「他說兩個小孩，口音奇怪？」曾聰明看看身旁的郝優雅，「舉止

還很怪異？」

郝優雅小聲的說：「那不就是我們嗎？」

超時空報馬仔

曾經，臺北有座城

繁華的臺北市，曾經是座方形的城。

沒錯，臺北，的確曾經有座城。時間回到光緒年間，清廷雖然在臺北設了臺北府，但知府遲遲沒到臺北辦公，因此一直沒有建城。清代官方「建城」的意思是說蓋衙門，包括官府、官廟等設施，最外面再用城牆圍起來。臺北設府之後四年，知府才到臺北開始推動築城工作。

為了建好臺北城，官方號召富豪們捐款集資，花了五年的時間，直到一八八四年十一月，臺北城完工。城牆周徑一五〇六丈，壁高丈五，雉堞高三尺，城牆上路寬丈二一，可容兩匹馬並駕其驅。它是全臺灣唯一以條形方石所建的方城，構工嚴謹。

只是這座建在田野之中的城，人氣指數不高，它離當時最熱鬧的大稻埕市街有段距離，除了要去官府衙門，一般百姓沒事並不會進城。

甲午戰爭後，臺灣割讓給日本，日軍在辜顯榮導引下，從北門進入臺北城，占領這座城市，開啓

日本人長達半世紀統治臺灣的歷史。

當年年底，臺北的義軍反攻臺北城，日本軍隊反而靠著這座城，居高臨下，輕易擊潰義軍的攻勢。

隔了一年，義軍再度反攻，但仍受阻於臺北城外。

這座全中國最晚建的城，擋不住現代化的風潮，在新的城市規畫下，它的構造成為城市發展的阻礙。那麼，就拆吧！日治初期，臺灣總督府就陸續拆毀臺北城的城牆及西門。

算算它完整存在世上的時間，大約只有二十年。

北門是臺北城中唯一保留清代原貌的城門。（圖片提供／吳梅瑛）

整修後的北門，矗立在忠孝西路、延平南路和博愛路口，已被登錄為國定古蹟。（圖片來源／Shutterstock）

113

9 回到現代

幸好，蒸氣很濃，讓人安心，士兵從這頭上列車，他們倆從另一邊下火車。

下了車才發現，身邊多了一個人，是阿傳。

「你們要不要跟我搭夜車回基隆？」他的聲音也壓得很低。

「這……」他們倆相互對看。

如果留下來，很有可能被抓。要是被抓去見知府大人，誰知道會怎麼樣？

如果不留下來，他們要怎麼回去可能小學？他們是從基隆站上的火車，說不定想回去，就得回到基隆站。

他們還在思考時，有個士兵發現他們：「小孩在這裡。」

的月臺上。

「快，快走。」阿傳回頭絆了士兵一下，他們趁亂跑進濃煙瀰漫

「他們在哪裡？」

「這邊。」

「不對，那邊。」

「散開來找比較快。」

士兵在月臺上大呼小叫，他們藉著濃濃的蒸氣，隱藏自己。

東躲西躲，溼氣很重，本來乾了的外套又溼了，溼掉的

外套，好像又變成原來的顏色，也許是因為這個緣故，好

像連衣服也換回原來的制服似的。

越往月臺裡走，煙霧越重，奇怪，這月臺怎麼永遠走

不完似的，那些追兵的聲音，似乎也變得遙遠了起來，似

乎霧氣也有隔音的效果。

走著走著，四周好像變亮了。

沒錯，剛才在車站裡，伸手不見五指，月臺走久了，白霧越來越明顯，越來越明顯，彷彿從晚上跳到了清晨，天色漸漸變亮的感覺，而且這種感覺越來越強烈，強烈到郝優雅下意識的看了看她的錶。

最奇怪的事發生了。

明明今天早上還以為自己沒帶錶出門，現在呢，錶不是好端端的戴在手上嗎？

時針指在八和九之間，分針指著九，八點四十五分？到底是早上還

是夜晚？

她不禁停下了腳步，曾聰明想拉她都拉不動。

「你怎麼了？你不怕被抓到嗎……」曾聰明順著郝優雅的視線往上

看，這下連他也愣住了。

可能小學

霧氣被一陣輕風吹送，漸漸淡去。

明明白白的四個字，他們真的站在可能小學的捷運月臺上，遠方的

大樓、動物園的旗子，都還看得見，幾隻白鴿飛過上空，時間看起來應

該是早上，可能小學站的站長就在閘門口等著他們。

只是今天的站長，看起來好眼熟，就像……就像那個基隆站的站

長，但是他的眼神，那麼冷、那麼冰，如果讓郝優雅來配對，她會覺得

比較像多娜老師。

「遲到了?」那個人問。

「對呀。」他們異口同聲的回答。

出了站,看見白花花的陽光,這才有回到現代的感覺。

「我們剛才是回到古代的臺灣?坐了一次火車嗎?」郝優雅不太確定的問。

曾聰明左右看一看,然後說:「我是很想相信這件事,可是,又好像在做夢。如果讓我說,我寧願相信剛才我們是在夢遊,或是做夢。總而言之,剛才我們遇到的,應該都是我們自己想出來的,不切實際的……」

他拉拉雜雜說了好長一串,哇啦哇啦哇啦的,直到郝優雅從口袋裡,哇啦

不經意的掏出一張紙。

那是一張地圖，一看就知道是臺灣基隆到臺北的火車路線圖，上面寫滿了密密麻麻的日本字。

「咦？忍者的地圖？」他們倆驚呼，再回頭看看可能小學站，這才想起來，可能小學站從來沒有站長啊，那剛才他們看到的，到底是誰呢？

120

絕對可能任務——

親愛的小朋友，讀完這本書，是不是覺得郝優雅和曾聰明的驚險之旅很好玩呢？

想參加嗎？

先完成闖關任務吧！

任務 1

火車大迷宮

正確的火車路線，讓他趕快把軍情送給上級長官吧！

阿傳的火車要開了，將軍也有五級緊急軍情要傳遞，請你趕快幫阿傳找出

起點站

臺灣第一輛火車是騰雲號。

劉銘傳在臺灣修建第一條鐵路。

中法戰爭後，劉銘傳擔任臺灣第一任巡撫。

騰雲號速度很慢，所以清末真的發生過人在後面推火車的事。

騰雲號和牛拔河，在清末真的發生過。

騰雲號速度很慢，所以清末真的發生過牛拉火車的事。

NO

NO

NO

YES

YES

YES

YES

YES

NO

122

終點站

臺灣第一條鐵路
是從基隆到
大稻埕。

YES

NO

NO

YES

騰雲號和牛拔河
在歷史上從來
沒有出現過。

YES

沈葆楨在臺灣
修建第一條
鐵路。

NO

YES

NO

中日甲午戰爭後,
劉銘傳擔任臺灣
第一任巡撫。

YES

臺灣第一條火車路
線是從基隆到
宜蘭。

YES

YES

NO

臺灣第一輛火車
是自強號。

NO

NO

任務 2 火車一日遊

今天，丫鬟郝優雅和王老闆一行人住在八堵朋友家，奉十二姨太之命安排第二天的出遊行程。他們要到水返腳的茶園看看茶葉收成的狀況。還要到錫口慈祐宮拜拜，去基隆勘查進港的輪船多不多，順便看看海景。傍晚得回到王老闆設在大稻埕的商號。

看看下面這張路線圖，幫郝優雅安排明天的行程表，還要寫清楚從哪裡上車到哪裡下車，好去買火車票。好好規劃一下吧！

大稻埕

錫口（松山）

南港

水返腳（汐止）

八堵

基隆

順　序	1	2	3	4
上車站	八　堵			
下車站				大稻埕
活　動 內　容				

任務 3

臺灣史風雲人物連連看

清代末年，這些人因為不同的原因來到臺灣。他們都不是在臺灣出生，不過

都很愛臺灣。連一連，看看你認不認識他們。

劉永福

傳教士，
一生拔了
兩萬多顆牙

126

劉銘傳

馬偕

沈葆楨

修建億載金城，
抵禦外國勢力

黑旗軍領袖，
帶領臺灣人
反抗日軍

臺灣第一任巡撫，
努力推動洋務運動

任務 4 彩繪騰雲號

阿傳是騰雲號火車的駕駛員，他覺得兩百年前的老火車頭，也能變得美美的。所以，他廣招天下英雄，請大家幫他彩繪騰雲號火車。你有沒有好點子，快來幫幫阿傳的忙吧！

彩繪前，要先想個好主題，收集相關的資料，然後用心大膽的畫上去吧！

我的騰雲號

解答

答案： 任務1・火車大迷宮

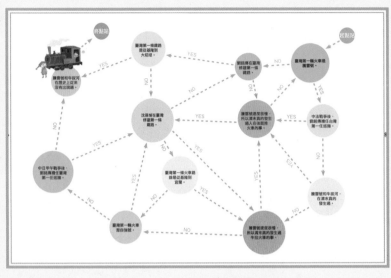

終點站

起點站

臺灣第一條鐵路是從基隆到大稻埕。

劉銘傳在臺南修建第一條鐵路。

NO

臺灣第一輛火車叫騰雲號。

YES

騰雲號和牛拉車在歷史上沒有出現過。

YES

NO

沈葆楨在臺灣修建第一條鐵路。

YES

騰雲號速度很慢，所以清末真的發生過人在追逐騰雲號火車的事。

YES

中法戰爭後，劉銘傳擔任台灣第一任巡撫。

NO

NO

YES

NO

NO

NO

中日甲午戰爭後，劉銘傳擔任臺灣第一任巡撫。

YES

臺灣第一條火車鐵路修是從基隆到宜蘭。

NO

YES

YES

YES

騰雲號和牛拉車，在清末真的發生過。

臺灣第一輛火車叫烏龍號。

NO

騰雲號速度很慢，所以清末真的發生過牛拉火車的事。

NO

答案： 任務3・清末臺灣風雲人物連連看

沈葆楨：修建億載金城，抵禦外國勢力

劉銘傳：臺灣第一任巡撫，努力推動洋務運動

劉永福：黑旗軍領袖，帶領臺灣人反抗日軍

馬偕：傳教士，一生拔了兩萬多顆牙

劉銘傳

馬偕

劉永福

沈葆楨

修建億載金城，抵禦外國勢力

黑旗軍領袖，帶領臺灣人反抗日軍

傳教士，一生拔了兩萬多顆牙

臺灣第一任巡撫，努力推動洋務運動

王文華

臺灣歷史百萬小學堂

「歡迎光臨!」對面的白髮爺爺,手裡的枴杖上刻著VOC。

我心裡一陣奇怪,歡迎什麼呀?

「你有三次求救機會,call out,現場民調或是翻書找答案。」

「這……這是百萬小學堂?」

「不,」右手邊的爺爺穿著盔甲,「是臺灣歷史百萬小學堂。」

「可是我沒報名?」

「既來之則安之。」盔甲爺爺說,「第一題我問你,請想像出四百年前的臺灣。」

「四百年前的臺灣雞會生蛋,鳥會拉屎,對了,還有很多喔喔喔的印第安人出來。」

盔甲爺爺搖搖頭:「印第安人在美國,臺灣的原住民分成很多族,荷蘭人最常接觸的是西拉雅人。」

「是是是，」我重新再想一遍回答：「四百年前，臺灣島上，原始森林密布，平原上梅花鹿成群，島上居民怡然自得，那時的天是藍的，地是綠的，藍汪汪，綠油油。

對了，四百年前，海盜顏思齊把臺灣當成基地，躲官兵、藏寶物，不過，顏思齊不屬害，屬害的是他手下的鄭芝龍。鄭芝龍有經營管理的頭腦，把打家劫舍的海盜船隊，帶隊投降明帝國，當起水師，在明帝國與清兵爭天下的年代，鄭芝龍在福建與臺灣、日本間，迅速擴張自己的力量，想要在臺灣附近經商的船隊，不管是漢人還是西洋人，都得聽他的話。」我一口氣說完。

兩個爺爺很高興：「你懂了，可以開始了。」

「現在才開始？」

「第一題來啦，沈葆楨來臺灣，為什麼臺灣的羅漢腳仔都很高興？」

一、沈葆楨開山撫番，開闢三條東西橫貫步道。

二、沈葆楨建炮臺防範日本，像億載金城。

三、沈葆楨請清廷廢掉禁止人民來臺令。

「嗯，這個嘛……是一嗎？」

白髮爺爺搖搖頭。

「難道是二？」

盔甲爺爺笑一笑。

「不會是三吧？」

左手邊還有個爺爺打瞌睡。

我想不出來，只好要求……「我要 call out。」

我拿出手機趕快撥給爸爸，他對臺灣歷史熟。可是我爸手機沒開。

我再撥給我們學校校長，他年高德劭，對臺灣一定也……

……嘟……嘟……這是空號，請重新撥號……

「時間快到了。」白髮爺爺提醒我。

我靈機一動：「我撥給誰都可以嗎？」

他點點頭。

「請問您電話幾號？」

白髮爺爺沒料到這一招，他笑了……「我直接告訴你吧，是三，廢掉禁令，婦女可以來臺灣，羅漢腳仔也能娶媳婦，大家都高興。」

「好啦，第二題來了，」盔甲爺爺拍一下桌子，「下列物品，哪樣是臺灣最早的世界第一？樟腦、筆電、腳踏車、網球拍、鹿皮或蔗糖。」

「不公平，哪有一次給這麼多選項。」

盔甲爺爺又拍了一下桌子，桌子垮了。

「想當可能小學五年級社會科老師，就得闖過小學堂。」

「我……」我想不出來，「我要求救，民調。」

「你調吧！」他坐回去，翹著腿，抖呀抖的，椅子現在也岌岌可危。

「選一的請舉手。」

兩個爺爺舉手；第三個在點頭，點頭不是贊成，因為他在打瞌睡。

「能請他認真一點，不要再……再睡了？」我指指瞌睡爺爺。

「我們只問自己，不管別人。」

「那，選二的請舉手。」

又是兩人舉手，一人點頭。

「選三的……」

又……

「那我們每樣都不舉手，行了吧。」

「我不玩了，你們每樣都舉手，我怎麼過得了關？」白髮爺爺說到做到，後來的選項他雙手放在頸後，一臉優閒。

134

民調不可信，我只能自立自強，不會是筆電，因為球鞋和網球拍比他們更早，不會是蔗糖，巴西蔗糖更多，那鹿皮和樟腦？

「我選樟腦，鹿皮好像很多地方也都有。」

白髮爺爺搖搖瞌睡爺爺：「該你了，臺灣在清帝國時樟腦世界第一他猜出來了。」

瞌睡爺爺留著八字鬍，說話像個外國人。

「日本時代有句諺語，叫做第一憨種甘蔗給會社磅，日本人收購甘蔗的價格低到離譜，讓農民入不敷出，有時連肥料錢都不夠，結果引起什麼事件，變成了臺灣農民運動的起源？」

「選項呢？」

「剛才你嫌多，現在都取消了，快回答，你有三十秒。」

「我……」我想起還有一個求救，「我要翻書找答案。」

「請！」

「這裡沒書。」

「你得自己想辦法。」

「我要抗議。」

「抗議不成立，而且時間到，你闖關失敗，明年再來。」

「我不……我……你們至少提供書讓考生翻呀。」

盔甲爺爺瞅了我一眼：「受不了你，拿去吧，看完，明年再來考吧。」

就這樣，我被推到門口，我低頭看看手裡的書：【可能小學的愛臺灣任務】。

「讀這書可以當臺灣史的老師？」

「真的嗎？」

「這……」

於是我翻開書，進入愛臺灣的任務……

發現歷史的樂趣

吳密察／國立故宮博物院院長

學校裡的歷史教科書，似乎總是不太有趣。要不是淨是一些人名、年代、戰爭、條約、制度，需要背誦記憶的零碎資訊，就是一些太過簡化的經濟貿易、社會結構之敘述。從內容來看，歷史教科書裡的歷史大都是大人們，尤其是（偉）大人物們的事業功績、思想作為，或者是國家、社會之結構和發展上的大事。對於孩童來說，這都未免太難以理解，或是太沉重了。況且，教科書的分析常失之簡化，甚至還經常是在極端簡化的分析之後，做了非常具有意識型態或道德的評斷。

其實，歷史原本應該是相當有趣的。因為歷史雖然是確實存在過的「過去」，但是這些「過去」卻必需要經過人為的挑選與組合，甚至解釋，才能夠重新被認識。因此，歷史是要靠人去「發現」的，甚至還可以說是要靠人去「製作」的。

當然，歷史並不是被恣意的「發現」、「製作」的。「發現」與「製作」歷史的過程，需要有材料（史料），也需要有技藝（方法），當然還自然會存在著「發現

137

者」、「製作者」的意識型態。這種「發現」、「製作」出來的歷史，是一個可以被檢證與討論的，具有理路脈絡的「論述」。它不但有類似某人姓啥名誰的這種純粹事實，也有根據史料的推理臆測，也有被容許範圍內的想像，當然還有價值判斷。因此，歷史應該是非常吸引人的一種知識和知識的探索工作。但是我們的歷史教科書卻難以引領學生思考，只提供一些經過編寫者選擇而且做出評斷的「史實」，讓學生只能被動的接受和記誦這些教科書所給的資訊和結論。於是，我們想要用比較有趣的體裁（文學、電影……），來補助歷史教科書的不足，或「解救」歷史教科書的無趣。

對於兒童來說，自從有了腦筋急轉彎、周星馳式的無厘頭喜劇大行其道、哈利波特式的奇幻小說電影舉世轟動之後，小說、電影人物不但可以穿梭不同時空，也可以轉換成各種異形，大大的擴展了想像空間。

孩童的閱讀世界，甚至日常生活的行為、言談，也呈現各種新的型態和流行。腦筋急轉彎、無厘頭、搞笑、KUSO……，相對於持平莊重、按部就班、娓娓道來這些顯得古色蒼然、枯燥無趣的表現方式，便新鮮活潑而且變得討好了。

不過，這種虛虛實實、虛而又實、實而又虛、來去於未來與過去之間、乎焉在此又乎焉在彼的孩童讀物，如何來陳述歷史呢？由作者選出一些「歷史事實片段」嵌入小說情節當中，這個方式也容易出現歷史斷片化或過度簡化的情況。這套書的解決方式

138

是以穿插書中的「超時空報馬仔」和書後的「絕對可能任務」提供的歷史知識來加以調和。

即使如此，這仍然是屬於作者所製作和發現的歷史。我倒是建議家長們以此為起點，引領孩子想一想：

・小說與歷史事實的差異在哪裡？
・哪些是可能的，哪些不可能？
・還有沒有別的可能？

小說和歷史的距離，也許正是帶領孩子進一步探索、發現臺灣史的一種開始。

柯華葳／中央大學學習與教學研究所榮譽教授

推薦人的話
超時空報馬仔

時間是抽象的，而存於時間中的人物對兒童來說是模糊的。我們曾經研究學童對一些叫得出名號的歷史人物有多認識，結果發現，對兒童來說，這些人物是故事中的主角。以媽祖和關公為例，多數孩子見他們在廟裡端正坐著，接受善男信女膜拜，雖讀過一點三國演義以及課本中林默娘的事跡，還是不很確定他們是真人，更不用說人、神之分。當輔以照片，大多數學童則以外貌，如鬍鬚、衣著、髮型判斷誰最有年紀，忘了他們的時空背景。

事實上，人物、事件與背景是歷史和故事都必須有的元素。歷史與故事的差異不大，這也是歷史吸引人，可以不斷的被轉化成電視劇、電影甚至電玩的原因。不過，當故事說：「從前，從前……」，對說故事和聽故事的人來說，只是一個開場，但對歷史來說，那就是學問了。在時空條件下，根據史料，詮釋歷史事件的原因和影響是讀歷史需要的訓練。當然，這當中避不開詮釋者受本身條件的影響。就像在歐洲重要

博物館中有許多聖母瑪利亞的畫像。由瑪利亞身上的穿著，可以看出畫家所處的年代以及當時有的顏料。十三世紀畫家給世紀初的瑪利亞穿上十三世紀的衣服，十五世紀畫家則給她穿十五世紀的衣服。我們讀歷史也會以今釋古。

但是對兒童來說，今古不分外，他們也不容易分辨傳說、故事與史實。因此閱讀歷史更顯其重要性。閱讀歷史，一方面在認識前人的作為，對世界各地、各種文化與其變遷有所認識。另一方面認識時序脈絡、空間因素和歷史事件的關係，進而理解不同世代的人對同一事件可能會有物換星移，很不一樣的見解，例如不同時代所撰寫秦始皇的功與過。不過讀史最重要的是，認識自己與歷史的關係，不論是解釋歷史或是以史為鑑。這大概是歷史教育的至終目標。

【可能小學的愛臺灣任務】寫的是荷蘭、鄭成功、劉銘傳和日治時代的臺灣。作者王文華以故事說歷史，其中有真人真事，也有虛擬的人，還有作者自己的解釋以為串場，將史料連結，讓學生更生動有趣的閱讀。而為幫助學生不至於只見故事不見史，作者整理與設計了「超時空報馬仔」，把與故事有關的史料一併呈現。兩相對照閱讀下，我們期許小讀者認識自己生長的土地，是許多有活力、勇敢、視野寬廣的前人生活過的地方。更期許小讀者慢慢養成多元的觀點，學著解釋這些過去與自己的關係，找著自己安身立命的根基。

推薦人的話
愛臺灣，從認識臺灣開始

林玫伶／前臺北市國語實小校長、清華大學客座助理教授

「深耕本土、迎向世界」，是臺灣主體教育的重要理念。新一代不能只對唐堯虞舜夏商周倒背如流，卻對臺灣的荷西、明鄭、清領、日治搞不清楚；新一代不能只知道拿破崙、羅斯福，卻沒聽過有「鄭氏諸葛」之稱的陳永華，或是對臺灣近代化有重大影響的沈葆楨。

認識臺灣，是一種尋根的歷程，是一種情感的附依，更是一種歷史感的接軌。

我們教育下一代要對在臺灣這塊土地的人民同等尊重、兼容並蓄，可知臺灣不論在哪個時代，早就同時存在不同類型的文化。多元文化的擦撞與妥協、衝突與融合，早已是臺灣歷史的一大特色。

我們教育下一代要有國際觀、放眼世界，可知臺灣這個海島資源有限，每個時代都與外界關係密切，重視貿易、國際競逐，早已是臺灣歷史的重要一頁。

歷史絕不只是寫「死人的東西」，它活生生的與我們文化、思想、行為、生活產生交互作用。生為臺灣人，認識臺灣本來就不需要理由，如果需要，那麼，我們或許可以這樣說：「它告訴我們這塊土地的故事，它的過去，正不斷影響著我們的現在和未來！」

然而，許多孩子只要一聽到歷史就想打瞌睡，除了教科書上堆砌著無聊的年代、人名、地名外，歷史的長河被壓縮成重要的大事件記，一兩頁就道盡數十、數百甚至數千年的光陰流轉，難以讓讀者產生感動，更遑論貼近這片土地的共鳴。

很慶幸的有這套專門為孩子寫的臺灣史，作者以文學的形式描繪歷史，不僅在敘述上充滿懸疑的故事、冒險的情節，容易讓孩子產生閱讀的樂趣；另一方面，作者各選定荷西、明鄭、清領、日治四個時期的某一段史實，透過兩個主角的跨時空體驗，能讓讀者身歷其境，腦中勾勒出活跳跳的畫面，有助於現場感的沉浸、對過往同情的理解。相較於一般臺灣史故事的寫法，本套書雖然以較長的篇幅，描述類似斷代的生活故事，但對孩子而言，激發對史實的興趣、提煉深刻的思考，都比灌輸知識更有意義。

愛臺灣的第一步，無疑從認識臺灣開始。孩子學習臺灣史，對臺灣的關懷與熱情將更有著落，對土地的尊敬與謙虛將更為踏實；而要讓孩子「自動自發」認識臺灣史，那就給他一套好看、充實又深刻的臺灣史故事吧！

可能小學的愛臺灣任務 3

快跑，
騰雲妖馬來了

作者｜王文華
繪者｜徐至宏
圖片提供｜小草藝術學院、吳梅瑛、黃智偉

責任編輯｜張文婷・李寧紜
特約編輯｜吳梅瑛・劉握瑜
封面設計｜李潔
美術設計｜蕭雅慧・丘山
行銷企劃｜翁郁涵

天下雜誌群創辦人｜殷允芃
董事長兼執行長｜何琦瑜
兒童產品事業群
副總經理｜林彥傑
總編輯｜林欣靜
主編｜李幼婷
版權主任｜何晨瑋、黃微真

出版者｜親子天下股份有限公司
地址｜台北市 104 建國北路一段 96 號 4 樓
電話｜（02）2509-2800　傳真｜（02）2509-2462
網址｜www.parenting.com.tw
讀者服務專線｜（02）2662-0332　週一～週五：09:00~17:30
傳真｜（02）2662-6048　客服信箱｜parenting@cw.com.tw
法律顧問｜台英國際商務法律事務所・羅明通律師
製版印刷｜中原造像股份有限公司
總經銷｜大和圖書有限公司　電話：（02）8990-2588

出版日期｜2011 年 8 月第一版第一次印行
　　　　　2022 年 12 月第二版第一次印行
定價｜350 元
書號｜BKKCE031P
ISBN｜978-626-305-339-7（平裝）

訂購服務
親子天下 Shopping｜shopping.parenting.com.tw
海外・大量訂購｜parenting@cw.com.tw
書香花園｜台北市建國北路二段 6 巷 11 號　電話（02）2506-1635
劃撥帳號｜50331356 親子天下股份有限公司

國家圖書館出版品預行編目資料

快跑, 騰雲妖馬來了/王文華文；徐至宏圖. --
第二版. -- 臺北市：親子天下股份有限公司,
2022.12
144面；17×22公分. --
(可能小學的愛臺灣任務；3)
注音版
ISBN 978-626-305-339-7(平裝)

863.596　　　　　　　　　111015697

立即購買 >

有聲故事書